O Pai Nosso para Crianças

Cristina Klein

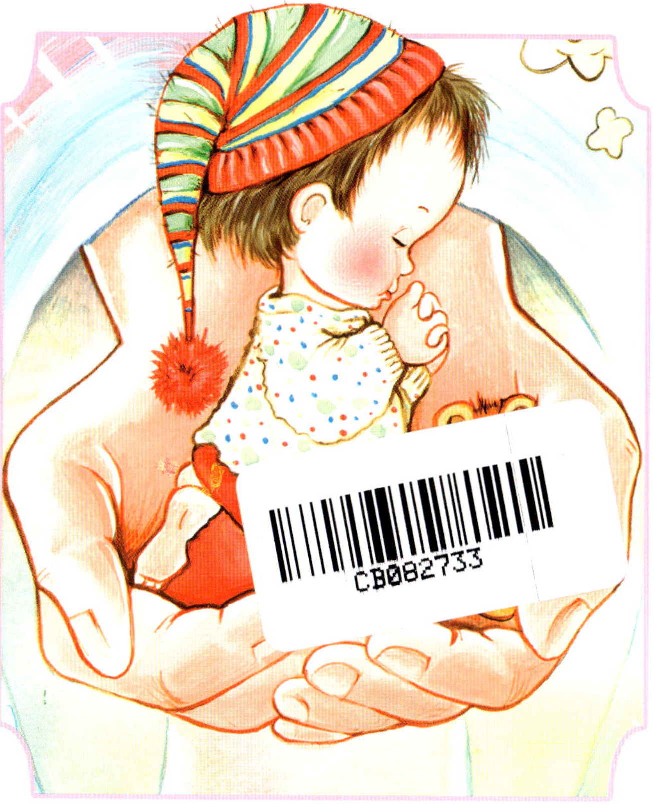

SBN EDITORA

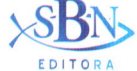

©TODOLIVRO LTDA.

Rodovia Jorge Lacerda, 5086 - Poço Grande
Gaspar - SC | CEP 89115-100

Ilustração:
Solange J. Passos Reetz

Texto:
Cristina Klein

IMPRESSO NA ÍNDIA

Dados Internacionais de Catalogação na Publicação (CIP)
(Câmara Brasileira do Livro, SP, Brasil)

Klein, Cristina
O Pai Nosso para Crianças [Texto: Cristina Klein;
Ilustração: Solange J. Passos Reetz].
Gaspar, SC: Editora SBN, 2022.
(Coleção Porções Especiais da Bíblia).

ISBN 978-85-61486-43-3

1. Literatura infantojuvenil
I. Cristina Klein. II. Belli Studio. III. Título.

06-6018   CDD-028.5

Índices para catálogo sistemático:

1. 1. Literatura infantojuvenil 028.5
2. Literatura juvenil 028.5

Pai nosso

É DEUS, NOSSO SENHOR E CRIADOR, QUE NOS AMA MUITO E CUIDA DE NÓS COMO UM PAI DEVE CUIDAR DE SEUS FILHOS.

que estás nos céus,

DEUS MORA NO CÉU, DE ONDE PODE NOS VER E NOS PROTEGER.

santificado seja o Teu nome.

DEUS É SANTO POR SUA GRANDE BONDADE E POR SER NOSSO PAI.

Venha a nós o Teu Reino.

DEUS REINA ONDE HÁ AMOR E
COMPREENSÃO ENTRE SEUS FILHOS,
QUE SOMOS TODOS NÓS.

O pão nosso de cada dia

DEUS SABE QUE PRECISAMOS
COMER E FICAR FORTES.

dá-nos hoje.

POR ISSO, ELE PROVIDENCIA NOSSO
ALIMENTO TODOS OS DIAS.

E não nos deixes cair em tentação,

QUANDO PEDIMOS, DEUS NOS PROTEGE DE TER IDEIAS MÁS.

mas livra-nos de todo mal.

E TAMBÉM DE COISAS RUINS E PESSOAS MALVADAS.

Porque Teu é o Reino,

DEUS É NOSSO PAI QUERIDO, DONO DE TUDO O QUE EXISTE.

o Poder

ELE TEM TODO O PODER QUE SE POSSA IMAGINAR.

e a Glória

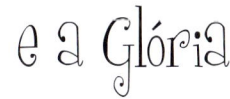

E É MERECEDOR
DE TODO
RECONHECIMENTO
E ADORAÇÃO.

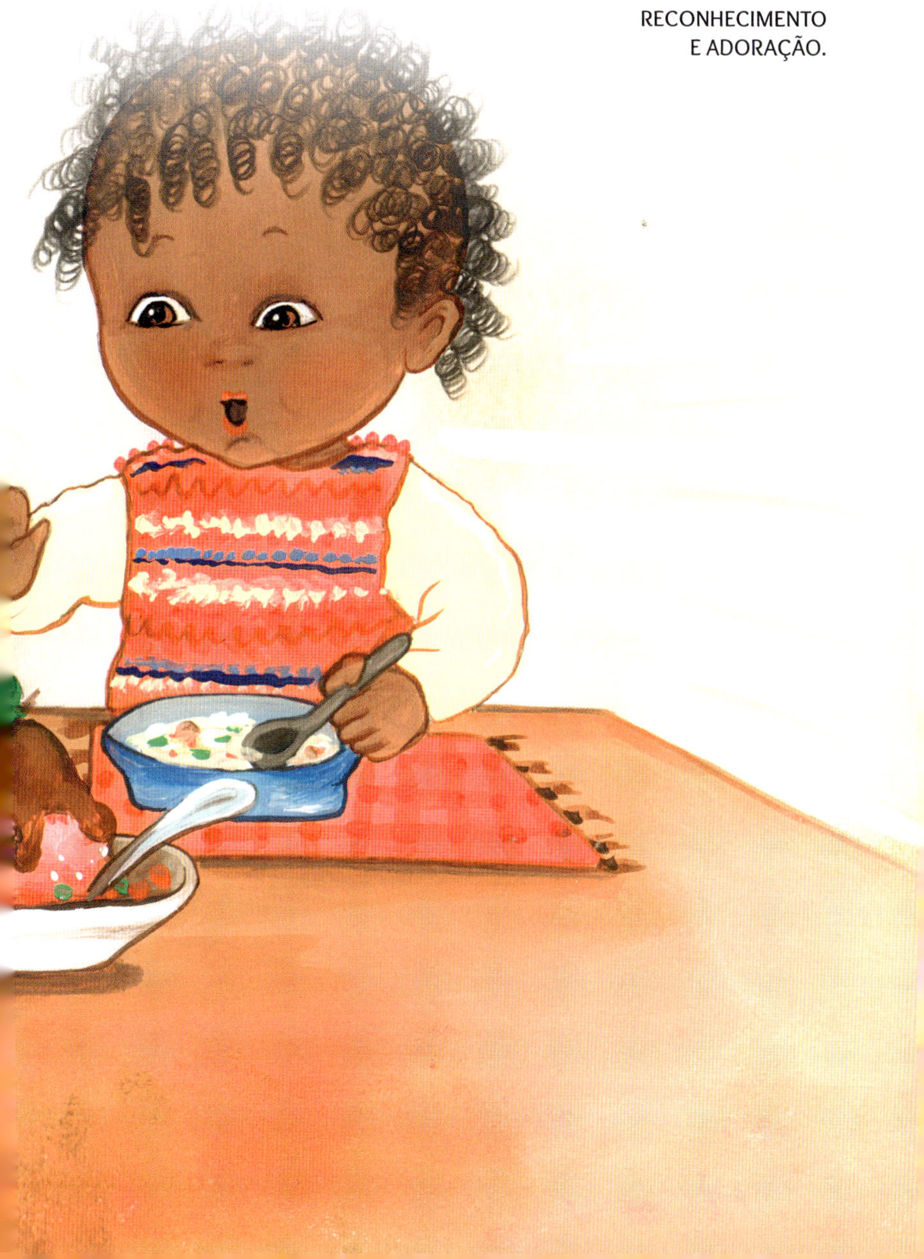

para sempre. Amém!

DEUS SERÁ
GLORIFICADO EM
TODOS OS TEMPOS.